LA MÉCANIQUE
DU DIABLE

Titre original :

Clockwork or all wound up

87, quai Panhard-et-Levassor – 75647 Paris Cedex 13
ISBN : 978-2-0812-4216-6

PHILIP PULLMAN

LA MÉCANIQUE DU DIABLE

Traduit de l'anglais (Grande-Bretagne) par
Agnès Piganiol

Illustrations intérieures de
Peter Bailey

Flammarion Jeunesse

Préface

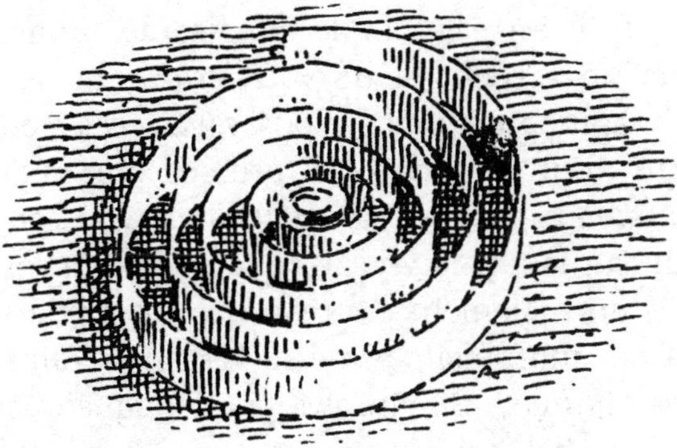

À l'époque où se passe cette histoire, on mesurait le temps avec des horloges. Je veux dire de *vraies* horloges, avec des ressorts, des roues dentées, des engrenages, des balanciers, etc. On pouvait les démonter pour voir comment elles marchaient et puis les remonter. Aujourd'hui, il existe des horloges électriques, des horloges à quartz et Dieu sait quoi encore. On peut même acheter des montres à panneau solaire qui se règlent automatiquement par signal radio et n'ont jamais une seconde de retard. Allez donc y comprendre quelque chose... Pour moi, c'est de la sorcellerie.

L'horloge mécanique est déjà bien assez mystérieuse. Prenez, par exemple, un ressort de réveil. Il est fait d'une lame d'acier trempé, tranchante comme un rasoir, et si vous le tripotez sans faire attention, il est capable de vous sauter à la figure comme un serpent et de vous crever un œil. Ou bien imaginez un poids, vous savez, ces poids en fer qui font avancer les grosses horloges des clochers... Eh bien, si par malchance vous en receviez un sur la tête, il vous écrabouillerait la cervelle.

Mais normalement ces ressorts et ces poids sont tout à fait inoffensifs et ne servent qu'à faire tourner les aiguilles. De simples poulies, quelques ressorts et un balancier suffisent à canaliser leur force à travers le mécanisme.

Dès qu'on remonte l'horloge, les aiguilles se mettent en marche. Il y a quelque chose d'implacable et de terrifiant dans la ronde des aiguilles autour du cadran. Tic, tac, tic, tac !... Millimètre après millimètre, elles avancent sans répit, et leur tic-tac nous accompagne jusqu'à la tombe.

Certaines histoires fonctionnent de la même manière. Une fois que le mécanisme est enclenché, rien ne peut plus l'arrêter, et les personnages ont beau faire, ils ne peuvent rien changer à leur destin. L'histoire que vous allez lire est de ce type. Vous êtes prêts ? Alors, commençons.

Première partie

Un jour (au temps où les horloges étaient encore mécaniques), un étrange événement se produisit dans une petite ville d'Allemagne. Ou plus exactement, une série d'événements, imbriqués les uns dans les autres comme des pièces d'horlogerie. Chaque témoin n'en vit qu'une partie, et personne la totalité.

L'histoire commence par une nuit d'hiver, à l'heure où les habitants de la ville se réunissaient à la Taverne du Cheval Blanc. La neige tombait en rafales, chassée par le vent des montagnes qui agitait les cloches de l'église. Les fenêtres de l'auberge étaient tout embuées et le feu ronflait dans le poêle. Putzi, le vieux chat noir, sommeillait devant la cheminée. L'air était chargé d'odeurs de saucisses, de choucroute, de tabac et de bière. Gretl, la petite serveuse, fille de l'aubergiste, allait et venait avec des chopes mousseuses et des assiettes fumantes. Chaque fois que la porte s'ouvrait, on voyait s'engouffrer de gros flocons de neige qui fondaient aussitôt au contact de l'air chaud.

Herr Ringelmann, l'horloger, et Karl, son apprenti, entrèrent en secouant leurs manteaux et en tapant des pieds pour faire tomber la neige qui collait à leurs bottes.

« Tiens, voilà Ringelmann ! s'écria le bourgmestre. Venez boire une bière avec moi, mon ami !... Et une chope pour votre jeune apprenti ! »

L'apprenti remercia d'un signe de tête et alla s'asseoir seul dans un coin, l'air sombre et triste.

« Qu'est-ce qu'il a, le petit ? s'enquit le bourgmestre. Il en fait une tête !

— Oh, ce n'est rien, répondit le vieil horloger, s'attablant avec ses amis. Demain, c'est la fin de son apprentissage, alors, bien sûr, il est inquiet.

La grande horloge de Glockenheim, dont Herr Ringelmann avait la charge, était le monument le plus extraordinaire de toute l'Allemagne. Le mécanisme en était si complexe qu'il mettait douze mois pour achever sa rotation, et, pour voir tous les personnages, il aurait fallu observer l'horloge pendant une année entière. Tous les saints y figuraient, et chacun avait son jour. Il y avait au total plus d'une centaine de personnages, y compris la Mort, avec sa faux et son sablier. C'était, vous pouvez me croire, une horloge vraiment unique en son genre.

— Ah, je comprends ! dit le bourgmestre. Nous allons donc avoir une nouvelle pièce d'horlogerie dans la tour ! Eh bien, il me tarde de voir ça. »

Selon la coutume, en effet, quand un jeune horloger terminait son apprentissage, il devait confectionner un nouveau personnage pour la grande horloge de Glockenheim.

Le vieux Ringelmann avait connu ça lui aussi : « Moi, à la fin de mon apprentissage, je ne pensais qu'au moment où mon personnage sortirait de l'horloge. J'en avais perdu le sommeil. Que se passerait-il si je n'avais pas bien compté les dents des rouages ?... Et si le ressort était trop rigide ?... Et si... enfin, on imagine des tas de choses. C'est une lourde responsabilité.

— Possible, mais je n'ai jamais vu ce garçon aussi triste, dit quelqu'un. Faut dire que même quand tout va bien, ce n'est pas un rigolo. »

Herr Ringelmann semblait lui-même un peu abattu, mais il leva sa chope à la santé de ses compagnons et changea de sujet de conversation.

« J'ai appris que Fritz, notre jeune romancier, allait nous lire sa nouvelle histoire ce soir.

— Oui, il paraît, dit le bourgmestre. J'espère qu'elle sera moins effrayante que la dernière. L'autre nuit, je me suis réveillé trois fois... Rien que de repenser à son histoire, j'en avais les cheveux qui se dressaient sur la tête !

— Je me demande si c'est plus effrayant d'entendre ces histoires ici, ou de les lire après quand on est seul, lança quelqu'un.

— C'est bien pire quand on est seul, croyez-moi, répondit un autre. On a l'impression que les doigts du fantôme vous chatouillent l'échiné, et même quand on sait ce qui va se passer, on ne peut s'empêcher de sursauter, le moment venu. »

Et chacun de donner son point de vue sur les histoires de fantômes. Les uns pensaient qu'il valait mieux ne pas savoir ce qui allait arriver (pour ménager l'effet de surprise), les autres préféraient le savoir (parce qu'alors il y avait le suspense de l'attente). Tout le monde aimait les histoires de fantômes. En particulier celles de Fritz... Il n'y en avait pas deux comme lui pour les raconter.

Tandis que se poursuivait cette discussion, notre conteur achevait son dîner à l'autre bout de la salle. Le jeune homme, à l'allure joviale, plaisantait avec l'aubergiste, riait avec ses voisins, et, quand il eut fini, il commanda une autre chope de bière. Après avoir remis en ordre les feuilles de son manuscrit à côté de son assiette, il alla parler au jeune apprenti.

« Salut, vieux, dit-il d'un air joyeux. Tout est prêt pour demain ? Alors, qu'est-ce que tu nous as préparé ?... Il me tarde de voir ça. »

Karl se renfrogna et détourna la tête.

Le tempérament d'artiste ! Quelle absurdité ! Cela n'existe pas. Seuls les amateurs ont des tempéraments. Les vrais artistes font leur travail sans même y songer. Si vous entendez des gens parler du tempérament d'artiste, dites-vous bien qu'ils ne savent pas de quoi ils parlent.

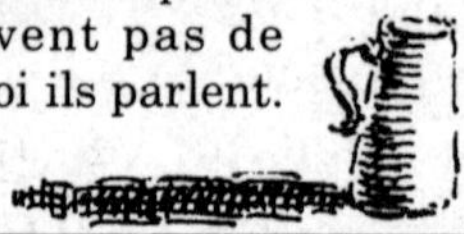

« Tempérament d'artiste..., fit l'aubergiste, d'un air entendu. Bois ta bière, et prends-en une autre aux frais de la maison, pour fêter d'avance le grand jour.

— Vous n'avez qu'à y mettre du poison si vous voulez que je la boive, marmonna Karl.

— Quoi ? » s'écria Fritz, interloqué. Ils étaient tous deux assis à l'extrémité du bar, et Fritz se plaça de façon à tourner le dos au reste de la compagnie pour parler à Karl en privé. « Que se passe-t-il, vieux ? demanda-t-il d'un ton calme. Ce n'est tout de même pas ton chef-d'œuvre qui te tracasse à ce point ? Tu y as travaillé pendant des mois ! Ce sera forcément réussi ! »

Karl lui jeta un regard plein d'amertume.

« Je n'ai pas fait de personnage, marmonna-t-il. Je n'ai pas pu. C'est fichu, Fritz. Quand l'horloge sonnera demain, tout le monde lèvera les yeux pour voir ce que j'ai fait, et rien ne sortira, rien... » Il se détourna en grommelant : « Je ne veux pas affronter leurs regards ! Je préfère encore aller me jeter du haut de la tour et en finir tout de suite ! »

Fritz n'avait jamais vu son ami si morose. « Allons, ne dis pas ça ! Il faut que tu parles au vieux Ringelmann. Demande-lui son avis, dis-lui que tu as eu un problème... C'est un chic type, il t'aidera !

— Tu ne comprends pas, s'emporta Karl. Tout est si facile pour toi ! Tu n'as qu'à t'asseoir à ton bureau avec une plume et du papier, et les histoires arrivent à la pelle ! Tu ne sais pas ce que c'est que de transpirer et se creuser les méninges pendant des heures sans trouver la moindre idée, ni de se battre avec des matériaux qui cassent, et des outils qui s'émoussent, ni de s'arracher les cheveux à essayer de trouver une nouvelle variation sur le même vieux thème... Je te le dis, Fritz, c'est un miracle que je ne me sois pas encore fait sauter la cervelle ! Mais cela ne saurait tarder. Demain matin, vous pourrez tous rire de moi. Karl, le raté. Karl, le bon à rien. Karl, le premier apprenti horloger qui ait échoué depuis des siècles. Ça m'est égal. D'ici là, je serai étendu sous la glace, au fond de la rivière. »

Fritz se retenait d'interrompre son ami tandis qu'il parlait de la difficulté de son travail. Fabriquer des histoires, c'est tout aussi difficile que de fabriquer des horloges. Dans un cas comme dans l'autre, on n'est pas à l'abri des incidents de parcours. Mais

Fritz était un optimiste, et Karl un pessimiste, c'était là toute la différence !

Sortant de son sommeil, Putzi vint se frotter contre les jambes de l'apprenti, qui l'envoya promener d'un coup de pied.

« Du calme », dit Fritz.

Karl le regarda d'un œil mauvais. Il avala sa bière à longs traits et s'essuya la bouche d'un revers de main avant de reposer bruyamment sa chope sur le comptoir et d'en commander une autre. Gretl, la petite serveuse, s'inquiétait de le voir dans cet état et hésitait à le resservir. Elle interrogea Fritz du regard.

« Sers-le, dit Fritz. Il n'est pas saoul, le pauvre, il est malheureux. Je le surveillerai, ne t'en fais pas. »

Gretl remplit alors la chope de Karl, qui se renfrogna encore davantage et lui tourna le dos. Fritz se faisait du souci pour lui, mais les clients l'appelaient et il ne pouvait rester là plus longtemps.

« Alors, Fritz, tu nous la racontes cette histoire ?

— Allez viens ! Tout le monde t'attend !

— De quoi s'agit-il, cette fois, hein ? De squelettes, de fantômes ?

— J'espère que c'est un beau meurtre bien sanglant !

— Non, j'ai entendu dire qu'il nous réservait un autre genre d'histoire aujourd'hui. Quelque chose de tout nouveau.

— J'ai le sentiment que ça va être plus horrible que tout ce qu'on peut imaginer », dit Johann, le vieux bûcheron.

Tandis que les clients passaient leurs commandes de bière pour la soirée et s'installaient confortablement en bourrant leurs pipes, Fritz rassembla son manuscrit et prit sa place à côté du poêle.

À dire vrai, ce soir-là, l'écrivain était beaucoup moins à l'aise que d'habitude. Sa conversation avec Karl l'avait perturbé. Et puis, vu les circonstances, il se demandait si son sujet était bien choisi. Mais après tout, ce n'était pas l'histoire de Karl qu'il allait raconter. Son récit était purement imaginaire.

(Fritz avait, toutefois, une autre raison de se sentir nerveux. En fait, il n'avait pas terminé son histoire. Pour la première partie il n'avait eu aucun problème – il jugeait même le début très réussi – mais il avait été incapable de trouver une fin. Il s'agissait donc maintenant de mettre tout en place pour faire démarrer l'action, et ensuite il improviserait. Comme je l'ai déjà dit, c'était un optimiste.)

« Nous sommes tous prêts, dit le bourgmestre. Je suis impatient d'entendre cette histoire... J'en ai déjà des frissons. Quel est son titre ?

— Elle s'intitule..., commença Fritz, en jetant un regard inquiet en direction de Karl,... elle s'intitule *L'Horloge*.

— Ah ! C'est d'actualité ! s'écria Herr Ringelmann. Tu entends ça, Karl ? C'est une histoire en ton honneur, mon garçon ! »

Karl fronça les sourcils et baissa la tête.

« Non, non, s'empressa d'ajouter Fritz, cette histoire n'a rien à voir avec Karl, ni avec l'horloge de notre ville. Il s'agit de tout autre chose. Simplement, elle s'intitule *L'Horloge*.

— Bon, alors vas-y, commence, dit quelqu'un. On t'écoute. »

Fritz s'éclaircit la voix, arrangea ses papiers et se mit à lire.

« Certains parmi vous se souviennent peut-être des événements extraordinaires qui se produisirent au palais, il y a quelques années. Malgré les efforts qui furent faits pour étouffer l'affaire, on en apprit quelques détails... Il s'agissait en vérité d'un mystère fort étrange. Le prince Otto, avait, dit-on, emmené son jeune fils Florian à la chasse, avec un vieil ami de la famille royale, le baron Stelgratz. C'était au cœur de l'hiver... comme maintenant. Ils étaient partis en traîneau, bien emmitouflés, en direction du pavillon de chasse situé là-haut dans les montagnes, et ils ne devaient pas rentrer avant une semaine.

« Deux jours à peine s'étaient écoulés, lorsqu'en pleine nuit le garde à la porte du palais fut alerté par une soudaine agitation sur la route en contrebas. Un vacarme épouvantable. Des hennissements de

chevaux pris de panique. L'homme eut l'impression, sans toutefois en être sûr, qu'un traîneau conduit par un fou se dirigeait vers le palais.

« Il s'empressa de donner l'alarme et fit apporter des lanternes. Quand le traîneau fut suffisamment près, on vit qu'il s'agissait du traîneau royal, celui-là même dans lequel le prince était parti l'avant-veille. Emporté par ces chevaux affolés, il montait la route à fond de train, et rien ne semblait pouvoir l'arrêter. Le capitaine de la garde ordonna aussitôt l'ouverture des grilles du palais, contre lesquelles le fol équipage menaçait de s'écraser.

« Il était temps. Le traîneau franchit le portail à toute allure, puis s'élança dans une ronde infernale à l'intérieur de la cour, entraîné par les chevaux épouvantés. Les yeux exorbités, couvertes d'écume, les malheureuses bêtes étaient incapables de s'arrêter, et le traîneau serait encore en train de tourner dans la cour si l'un des patins n'avait heurté un montoir et fait capoter tout l'équipage.

« Le cocher fut éjecté, en même temps qu'un ballot à l'arrière du traîneau. Un domestique se précipita pour le ramasser, et trouva le petit prince Florian sain et sauf, douillettement enveloppé dans une couverture de fourrure, et à moitié endormi.

« Quant au cocher...

« Les sentinelles eurent vite fait de le reconnaître. Ce n'était autre que le prince Otto en personne, raide

mort et froid comme de la glace. Il avait les yeux grands ouverts, le regard fixe, la main gauche cramponnée aux rênes, à tel point qu'il fallut les couper pour dégager le membre... ; et ce qu'il y avait de plus étrange, c'était son bras droit qui continuait à agiter le fouet frénétiquement de haut en bas.

> À l'époque de cette histoire, l'âme était un sujet à la mode. Certains philosophes pensaient qu'elle était logée dans le cerveau, d'autres dans le cœur ou la glande pinéale (ne me demandez pas ce que c'est...). On pesait même les gens avant et après leur mort pour voir s'ils avaient perdu du poids quand leur âme les avait quittés. Je ne sais pas si c'est vrai.
>
> 

« Les hommes recouvrirent le cadavre afin d'épargner ce spectacle à la princesse, et amenèrent le petit prince Florian à sa mère pour lui montrer qu'il était vivant et en bonne santé, car c'était son seul enfant.

« Mais que faire du prince Otto... ? Ils portèrent son corps au palais et convoquèrent le médecin de la Cour, respectable vieillard qui avait étudié à Heidelberg, Paris et Bologne, et publié un traité sur l'âme. Il connaissait la géologie, l'hydrologie et la physiologie... pourtant, un cadavre qui refuse de rester tranquille, il n'avait jamais vu ça ! Imaginez un peu... Un mort, froid comme de la glace, étendu sur une plaque de marbre, avec un bras qui mouline l'air.

« Le médecin ferma la porte à clef pour empêcher les domestiques d'entrer. Puis il approcha la lampe, et se pencha sur le corps pour l'examiner de plus près. Son attention fut d'abord attirée par la façon maladroite dont étaient arrangés les vêtements. Évitant le bras qui continuait de gesticuler, il défit avec précaution le manteau, la pelisse, la veste et la chemise du prince, et lui dénuda le torse.

« Juste à l'emplacement du cœur, la poitrine du mort était barrée d'une large estafilade, grossièrement recousue d'une douzaine de points. Le médecin les fit sauter en quelques coups de ciseaux, ouvrit la blessure, et faillit tomber à la renverse... À l'intérieur, il n'y avait pas de cœur. Celui-ci avait été remplacé par un petit mécanisme d'horlogerie : quelques simples rouages et ressorts avec un balancier, délicatement raccordés aux veines du prince, et animés d'un gai tic-tac parfaitement en rythme avec les gestes du bras.

« Les nerfs un peu ébranlés, comme vous pouvez l'imaginer, le docteur fit un signe de croix et avala une rasade de cognac pour se remettre. Qui n'en eût fait autant ?... Puis il délogea le mécanisme avec précaution, après en avoir coupé les attaches, et aussitôt le bras s'arrêta. »

À ce moment-là, Fritz interrompit son récit pour se désaltérer et observer les réactions de son auditoire. Un profond silence régnait dans l'auberge. Les clients étaient littéralement pétrifiés, et on les aurait crus tous morts eux aussi, s'ils n'avaient eu les yeux grands ouverts et le visage empreint d'une intense émotion. Fritz n'avait jamais connu un tel succès !

Il tourna la page et continua.

« Lorsqu'il eut recousu la blessure du prince Otto, le docteur annonça que son patient était mort d'apoplexie. Les domestiques qui avaient transporté le corps jusqu'au palais n'en furent pas convaincus : c'était bien un cadavre qu'ils avaient transporté, même si le bras bougeait encore. Quoi qu'il en soit, la version officielle était que le prince avait souffert d'un transport au cerveau, et que son amour pour son fils l'avait maintenu en vie le temps de le ramener sain et sauf à la maison. On l'enterra en grande pompe, et tout le monde garda le deuil pendant six mois.

« Quant au baron Stelgratz, l'autre membre de l'expédition, personne ne savait ce qu'il était devenu. Toute cette affaire demeurait enveloppée de mystère.

« Mais le médecin de la Cour avait une idée. Un homme, un seul homme pourrait être en mesure d'expliquer ce qui s'était passé : c'était le grand Dr Kalmenius de Schatzberg. Très peu de gens le connaissaient, mais ceux qui en avaient entendu

parler disaient qu'il était l'homme le plus intelligent d'Europe. En matière d'horlogerie, nul ne pouvait rivaliser avec lui, pas même notre bon Herr Ringelmann. Il fabriquait des machines à calculer très sophistiquées, qui indiquaient les positions de toutes les étoiles et des planètes, et répondaient à n'importe quelle question mathématique.

« Le Dr Kalmenius aurait pu faire fortune s'il l'avait voulu, mais l'argent comme la célébrité lui étaient indifférents. Ce qui l'intéressait, c'était quelque chose de beaucoup plus profond. Il passait des heures dans les cimetières, à méditer sur les mystères de la vie et de la mort. Certains disaient qu'il faisait des expériences sur les cadavres, d'autres qu'il était de connivence avec les puissances des ténèbres. On ne savait pas au juste. Un fait était sûr, c'est qu'il se promenait la nuit en tirant derrière lui un petit traîneau chargé des mystérieux objets sur lesquels il travaillait.

« À quoi ressemblait-il, ce philosophe de la nuit ? Il était très grand et maigre, avec une mâchoire et un nez proéminents. Ses yeux luisaient comme des charbons au fond de deux trous obscurs. Il avait de longs cheveux gris, et portait un manteau noir à ample capuchon à la façon des moines. Sa voix rauque et discordante, son regard inquisiteur, tous ces éléments lui donnaient un air féroce.

« Tel était l'homme qui... »

Fritz s'était tu.

Ses yeux s'étaient tournés vers la porte. Tout le monde suivit son regard. La salle n'avait jamais été aussi silencieuse. Personne ne bougeait, chacun retenait son souffle... car le loquet s'était soulevé.

La porte s'ouvrit lentement.

Sur le seuil, apparut un homme vêtu d'un long manteau noir à grand capuchon, comme celui d'un moine. Ses cheveux gris pendaient de chaque côté de son visage : un long visage étroit à la mâchoire et au nez proéminents, avec des yeux semblables à des charbons ardents au fond de deux trous obscurs.

Lorsqu'il pénétra dans l'auberge, le silence se fit encore plus pesant. Tous les regards étaient fixés sur l'étranger. Voyant qu'il tirait derrière lui un petit traîneau chargé d'un objet emballé dans une toile, plusieurs personnes firent le signe de croix et se levèrent, complètement effarées.

L'étranger salua.

« Dr Kalmenius de Schatzberg, pour vous servir, dit-il, d'une voix rauque et discordante. J'ai parcouru un long chemin, ce soir, et j'ai froid. Un cognac ! »

L'aubergiste s'exécuta aussitôt. L'étranger but son verre d'un trait et en demanda un autre. Personne n'osait bouger.

« Quel silence ! dit le Dr Kalmenius, en jetant sur l'assistance un regard moqueur. On se croirait chez les morts ! »

Les automates du Dr Kalmenius n'étaient pas des automates ordinaires. Il y en avait qui chantaient, parlaient, jouaient aux échecs, d'autres qui tiraient à l'arc avec de toutes petites flèches, ou qui jouaient du clavecin aussi bien que Mozart. On peut encore en voir au musée de Schatzberg, mais ils ne fonctionnent plus. C'est bizarre, parce que toutes les pièces sont en bon état et, normalement, ils devraient marcher. Mais c'est comme s'ils étaient morts.

Avalant sa salive avec effort, le bourgmestre se leva.

« Excusez-moi, Dr... heu... Kalmenius, mais en vérité... »

Et il regarda Fritz, qui fixait le Dr Kalmenius d'un air horrifié. Le jeune homme était aussi blanc que le papier qu'il tenait à la main. Il avait les yeux exorbités, les cheveux dressés sur la tête, et son front blême était baigné de sueur.

« Oui, mon bon monsieur ? dit le Dr Kalmenius.

— Je... Je... » commença Fritz, d'une voix étranglée.

Le bourgmestre intervint : « Il faut vous dire, Docteur, que notre jeune ami écrit des histoires, et qu'il nous lisait un de ses contes quand vous êtes arrivé.

— Oh ! Comme c'est charmant ! s'écria le Dr Kalmenius. Je serais très heureux d'entendre la suite de votre histoire, jeune homme. Surtout, ne soyez pas gêné par ma présence... Continuez comme si je n'étais pas là. »

Fritz ne put retenir un cri. D'un geste brusque, il fit une boule de toutes ses feuilles de papier et les jeta dans le poêle où elles s'enflammèrent aussitôt.

« Je vous en supplie, cria-t-il, n'approchez pas cet homme ! »

Et, comme s'il avait vu le diable en personne, il quitta l'auberge en courant à toutes jambes.

Tandis que le Dr Kalmenius éclatait d'un rire sardonique, plusieurs clients suivirent l'exemple de Fritz. Abandonnant leurs pipes et leurs chopes de bière, ils attrapèrent leurs manteaux et leurs chapeaux, et déguerpirent, sans oser regarder l'étranger en face.

Herr Ringelmann et le bourgmestre furent parmi les derniers à partir. En d'autres circonstances, le vieil horloger n'aurait pas manqué de saluer un confrère, mais il avait la langue comme paralysée. Le bourgmestre aurait dû, lui aussi, souhaiter la bienvenue à l'éminent Dr Kalmenius ou bien le renvoyer, mais le courage lui manqua. Alors, préférant la fuite, les deux vieux compères prirent leurs cannes et se sauvèrent aussi vite qu'ils le purent.

La petite Gretl, blottie contre son père, regardait la scène, les yeux écarquillés.

« Eh bien, dit le Dr Kalmenius. Vous êtes bien couche-tôt dans cette ville. Je prendrai un autre cognac. »

L'aubergiste remplit le verre d'une main tremblante et fit sortir Gretl. Mieux valait éloigner la fillette de cette funeste compagnie.

Le Dr Kalmenius vida son verre d'un trait et en demanda un troisième.

Puis, se tournant vers l'angle du bar, il ajouta : « Peut-être ce jeune homme voudra-t-il se joindre à moi ? »

Karl, en effet, était toujours là. Au milieu de la débandade générale, il n'avait pas bougé. Il tourna vers l'étranger son visage hostile, congestionné par la boisson et plein de sombre rancœur, et lui jeta un regard furieux. Mais l'expression moqueuse de son interlocuteur lui fit baisser les yeux.

« Apportez un verre pour mon compagnon, dit le Dr Kalmenius à l'aubergiste. Ensuite vous pourrez nous laisser. »

L'aubergiste posa la bouteille et un autre verre sur le bar avant de s'éclipser. Dans la salle, pleine à craquer cinq minutes plus tôt, le Dr Kalmenius et Karl se trouvaient maintenant seuls. L'auberge était si tranquille que, malgré les violents battements de son cœur, Karl pouvait entendre le murmure des flammes dans le poêle et le tic-tac de la vieille pendule.

Le Dr Kalmenius remplit le verre de cognac et le poussa vers Karl. Le jeune homme ne dit rien. Il soutint le regard scrutateur de l'étranger pendant presque une minute, puis, tapant du poing sur le comptoir, il s'écria :

« Mais bon Dieu, qu'est-ce que vous me voulez ?

— De vous, monsieur ? Mais rien...

— Vous êtes venu ici exprès pour rire de moi !

— Rire de vous ? Allons donc, nous avons de meilleurs clowns à Schatzberg. Aurais-je parcouru tout ce chemin pour me moquer d'un garçon au visage si malheureux ? Allez, buvez ! Ne faites pas cette tête ! Demain, c'est votre jour de gloire ! »

Karl se détourna en grognant, mais la voix railleuse du Dr Kalmenius poursuivit :

« Oui, l'inauguration d'un nouveau personnage pour la célèbre horloge de Glockenheim est un événement important. Sachez qu'avant de venir ici, j'ai fait cinq auberges pour essayer de trouver un lit. Tout était complet. Les visiteurs viennent de l'Allemagne entière pour voir votre nouveau personnage... hommes, femmes, artisans, horlogers, experts en tous genres !... Tous veulent admirer votre chef-d'œuvre ! N'y a-t-il pas là de quoi vous réjouir ? Buvez, mon ami, buvez ! »

Karl saisit le verre et avala son cognac.

« Il n'y aura pas de nouveau personnage, marmonna-t-il.

— Que dites-vous là ?

— Je dis qu'il n'y aura pas de nouveau personnage. Je n'ai rien fait. Je n'ai pas réussi. J'ai laissé le temps passer, et puis je me suis rendu compte que j'étais incapable de produire quoi que ce soit. Voilà. Maintenant, allez-y, vous pouvez vous moquer de moi à votre aise.

— Oh, mon Dieu ! dit le Dr Kalmenius d'un ton solennel. Loin de moi cette pensée. En fait, je suis venu ici pour vous aider.

— Quoi ? Vous ?... Et comment ? »

Le Dr Kalmenius eut un sourire diabolique. C'était comme si une flamme avait brusquement jailli de sous la cendre, et Karl eut un mouvement de recul.

« Je crois que vous n'avez pas pris la mesure des implications philosophiques de votre art, dit le vieil homme en s'approchant. Vous savez régler une montre et réparer une horloge d'église, mais aviez-vous jamais songé que nos propres vies sont aussi de l'horlogerie ?

— Je ne comprends pas, répondit Karl.

— La clef de l'avenir est entre vos mains, jeune homme, tout comme celle d'une horloge. Il suffit de se dire : je vais gagner cette course... je serai le premier... C'est vous qui décidez. Ensuite le monde n'a plus qu'à obéir ! Est-ce que les aiguilles de cette vieille horloge, là-bas, peuvent s'arrêter de leur propre chef ? Votre montre peut-elle se remonter toute seule et marcher à l'envers ? Non ! Une fois remontées, elles n'ont pas le choix. L'avenir, c'est pareil. Vous seul en êtes le maître.

Nous arrivons maintenant au cœur du problème : la philosophie du Dr Kalmenius. Peut-être y a-t-il quelque chose de vrai dans ses idées. Beaucoup de gens pensent, en effet, qu'il suffit de souhaiter une chose pour qu'elle se réalise. N'est-ce pas ce que chacun fait quand il achète un billet de loterie ? Et il n'est certes pas interdit de rêver. Mais il y a un hic...

— C'est impossible, dit Karl, grisé par ce discours.

— Au contraire, c'est très simple ! Que désirez-vous ? La richesse ? Une belle épouse ? Choisissez votre futur, mon ami ! Dites ce que vous voulez et vous l'aurez ! Célébrité, pouvoir, argent... Quels sont vos désirs ?

— Vous savez très bien ce que je veux ! s'écria Karl. Je veux un personnage pour l'horloge ! Quelque chose qui prouve que je n'ai pas passé mon temps à rien faire ! N'importe quoi pour éviter la honte qui m'attend demain !

— Eh bien, rien de plus facile, dit le Dr Kalmenius. Il suffisait de le demander. »

Et il montra du doigt le petit traîneau recouvert d'une bâche qu'il avait introduit derrière lui dans la salle et dont les patins trempaient dans une flaque de neige fondue.

...C'est qu'on ne gagne pas une course seulement en faisant des vœux. On gagne en courant plus vite que les autres. Pour y arriver, il faut s'entraîner à fond, donner son maximum. Et même, parfois, cela n'est pas suffisant parce qu'un autre coureur est simplement plus doué que vous. La vérité est que si on veut quelque chose, on peut l'avoir, mais seulement si on accepte tout ce qui va avec, y compris le travail et le découragement. Et seulement si on est prêt à risquer l'échec. C'était ça le problème de Karl : il avait peur d'échouer et ne faisait pas vraiment tout son possible pour réussir.

« Qu'est-ce que c'est ? demanda Karl, soudain rempli de crainte.

— Si vous voulez le savoir, enlevez la toile ! »

Karl se leva d'un pas chancelant, dénoua lentement la corde qui retenait la bâche, et découvrit l'objet.

Sur le traîneau apparut alors une superbe sculpture en métal argenté. La plus belle qu'il eût jamais vue. C'était un chevalier en armure, tenant une épée à la main. Une épée très pointue. Karl était ébloui. Il l'examina sous tous les angles, en s'extasiant sur la finesse des détails. Toutes les pièces de l'armure s'articulaient parfaitement les unes avec les autres.

Il voulut toucher la lame de l'épée, mais retira vivement sa main en voyant le sang couler le long de ses doigts.

« C'est un véritable rasoir ! s'exclama-t-il.

— Rien n'est trop beau pour Sire Cœur d'Airain, dit le Dr Kalmenius.

— Sire Cœur d'Airain... Quelle merveille !... Voilà ce qu'il me faudrait pour l'horloge. Avec ça, mon nom serait célèbre à jamais ! dit Karl plein d'envie. Et qu'est-ce qu'il fait, ce chevalier ? Comment marche-t-il ? Il doit y avoir un moteur dedans... À moins que ce soit un esprit, un diable, ou quelque chose de ce genre. »

À peine avait-il prononcé ces mots que le chevalier se mit à bouger. Il leva son épée, tourna sa tête casquée en direction de Karl, descendit du traîneau et se dirigea vers le jeune homme.

« Mais qu'est-ce qu'il fait ? » s'écria Karl, reculant, affolé.

Sire Cœur d'Airain continuait à avancer. Karl fit un pas de côté pour l'éviter, mais le chevalier fit de même, et avant que l'apprenti ait pu s'esquiver, il se trouva acculé dans un coin, sous la menace de la petite épée qui s'approchait dangereusement.

« Mais qu'est-ce qui lui prend ?... Il me fait peur avec son épée... Arrêtez-le, Docteur ! Arrêtez-le ! »

Le Dr Kalmenius siffla alors une petite mélodie, et Sire Cœur d'Airain s'arrêta net, juste au moment où la pointe de l'épée touchait la gorge de Karl.

Plus mort que vif, l'apprenti se faufila le long du mur, évitant prudemment le chevalier, et se laissa tomber sur une chaise.

« Qu'est-ce qui... qui... enfin comment s'est-il mis en marche ? Je n'y comprends rien... C'est vous qui l'avez fait démarrer ?

— Oh non, ce n'est pas moi, répondit le Dr Kalmenius. C'est vous.

— Moi ?... Et comment ?

— Quelque chose que vous avez dit. Le mécanisme est si sensible, si parfaitement réglé, qu'il suffit d'un mot, d'un seul, pour le faire avancer. Ce petit être est d'une intelligence stupéfiante ! Une fois qu'il a entendu ce mot, il ne tient plus en place jusqu'à ce que son épée ait transpercé la gorge de celui qui l'a prononcé.

— Quel mot ? demanda Karl, effrayé. Qu'est-ce que j'ai dit ? Moteur... marche... esprit... diable... »

Aussitôt, Sire Cœur d'Airain se remit à bouger. Faisant demi-tour, il pointa son épée vers l'apprenti et marcha droit sur lui. En un éclair, Karl avait sauté de sa chaise et s'était tapi dans l'angle de la pièce.

« *Diable* !... C'est ça le mot ! cria-t-il. Arrêtez-le, Docteur, s'il vous plaît ! »

Dr Kalmenius siffla son petit air et le chevalier s'arrêta.

« Quel est cet air ? dit Karl. Pourquoi s'arrête-t-il quand il l'entend ?

— C'est un petit air intitulé *Les Fleurs de Lapland*. Un air dont notre chevalier raffole. Il s'immobilise pour l'écouter et le balancier s'arrête automatiquement. Une vraie merveille ! Avouez que c'est du beau travail !

— Il me fait peur.

— Allons, voyons ! Vous avez peur d'un petit homme en fer blanc amoureux d'un joli refrain ?

— Il ne me plaît pas. Il a quelque chose d'inquiétant. Ce n'est pas un automate ordinaire.

— Eh bien, c'est fort dommage. Que ferez-vous sans lui demain ? Je suivrai cela avec le plus grand intérêt.

— Non, non ! dit Karl, au supplice. Ce n'est pas ce que je voulais dire... Enfin, je ne sais pas ce que je voulais dire !

— Vous le voulez, alors ?

— Oui... Non ! cria Karl, en se tapant les poings l'un contre l'autre. Oh, je ne sais pas... Oui !

— Dans ce cas, il est à vous, dit le Dr Kalmenius. Vous venez de sceller votre destin, mon garçon ! La mécanique est en route ! »

Avant que Karl ait pu changer d'avis, l'horloger s'enveloppa dans son long manteau, rabattit la capuche sur sa tête et sortit avec son traîneau.

Le jeune homme courut après lui jusqu'à la porte, mais il neigeait si fort dehors qu'il ne vit rien. Le Dr Kalmenius avait disparu.

Karl rentra dans l'auberge et s'assit, sans forces. Le petit chevalier n'avait pas bougé d'un pouce. L'épée toujours levée, son masque de métal tourné vers l'apprenti, il était parfaitement immobile.

« Ce Dr Kalmenius n'est pas un homme, marmonna Karl. Personne ne peut fabriquer un objet pareil. C'est un génie malfaisant ! C'est le dia... »

La main sur la bouche, il se tut, horrifié... mais Sire Cœur d'Airain ne broncha pas.

« Mon Dieu, j'ai bien failli lâcher le mot ! se dit Karl. Où avais-je la tête ?... Et cet air ! Qu'est-ce que c'est, déjà ? Si je m'en souviens, je suis sauvé... »

Il voulut le siffler, mais il avait la bouche trop sèche. Il essaya alors de le chantonner... sans plus de résultat. Décidément, ça n'allait pas fort.

« Je devrais peut-être boire un coup... », dit-il.

D'une main tremblante, il se versa un verre de cognac, et l'avala d'un trait.

« Ah, je me sens mieux... Après tout, je pourrais bien le mettre dans l'horloge ce personnage. Solidement fixé, il serait inoffensif. On pourrait dire n'importe quoi, il ne risquerait pas de sortir de là-haut... »

Il regarda autour de lui d'un air inquiet. La salle était silencieuse comme une tombe. Puis il souleva le rideau et jeta un coup d'œil par la fenêtre : pas la moindre lumière en vue. Tout le monde semblait dormir, sauf lui et Sire Cœur d'Airain.

« C'est maintenant ou jamais ! se dit-il. Allons-y ! »

Sans plus attendre, il jeta la toile sur le chevalier, enfila son manteau, mit son chapeau et se hâta vers le clocher pour aller préparer l'horloge.

Mais, contrairement à ce que pensait Karl, tout le monde ne dormait pas. Impressionnée par l'histoire de Fritz, Gretl, la fille de l'aubergiste, n'avait pas réussi à trouver le sommeil. Le mécanisme dans la poitrine du prince, les chevaux écumants de terreur, conduits par un mort... Tout cela était difficile à oublier. Mais ce n'étaient pas ces images-là qui l'empêchaient de dormir. L'objet de tous ses soucis, c'était le petit prince Florian.

Pauvre enfant ! Quel effroyable retour ! Elle imaginait la terreur de ce petit garçon, seul dans le traîneau avec son père mort... Elle en frissonnait sous ses couvertures. Elle aurait tant voulu le réconforter !

Plutôt que de rester dans son lit glacé à se faire du mauvais sang, elle se dit qu'il valait mieux aller s'asseoir au chaud près du poêle pendant un moment. Enveloppée dans une couverture, elle descendit sur la pointe des pieds juste au moment où l'horloge de la tour sonnait les douze coups de minuit. Il n'y avait personne en bas, bien sûr, et la lampe éclairait faiblement. Aussi ne vit-elle pas le petit personnage caché dans le coin sous sa toile. Elle s'installa donc tranquillement devant le poêle pour se chauffer les mains.

« Quelle étrange histoire ! se dit-elle. On ne devrait pas raconter des histoires pareilles. Les fantômes et les squelettes, ce n'est rien, mais là Fritz

Gretl avait bon cœur. Un cœur, tendre, sensible et généreux. C'était un cœur d'or. Vous connaissez ces expressions? Il y a des gens, comme Gretl, qui ne peuvent entendre parler des problèmes des autres sans souffrir presque autant qu'eux. S'il y a un peu de bien dans ce monde cruel, c'est grâce à ces gens-là. Malheureusement, la peine qu'ils se donnent ne suscite souvent que mépris et moquerie.

est allé trop loin. Je comprends que les gens aient sursauté quand le vieil homme est entré !... Ils ont cru à une apparition... Comme si le diable avait surgi à l'appel du Dr Faust. »

Soudain, la toile recouvrant le chevalier glissa par terre. La petite statue en métal tourna la tête du côté de Gretl, leva son épée et se mit à marcher vers la fillette.

Oh, non ! Gretl, attention ! Stop ! Ne dis pas ça !... Ah ! Trop tard...

DEUXIÈME PARTIE

Lorsque le prince Otto épousa la princesse Mariposa, toute la ville était en fête : on alluma des feux d'artifice dans les jardins publics ; des orchestres jouèrent la nuit durant dans les salles de bal ; drapeaux et bannières flottaient sur chaque toit.

Les gens étaient heureux : « Enfin, nous allons avoir un héritier ! », disaient-ils. Leur grande crainte, en effet, était de voir s'éteindre la dynastie.

Mais des mois, des années passèrent. Et le prince Otto et la princesse Mariposa restaient sans enfant. Ils consultèrent en vain les plus grands médecins. Ils firent un pèlerinage à Rome pour demander la bénédiction du Saint-Père, sans succès. Finalement, un jour où la princesse Mariposa se tenait à la fenêtre du palais et entendait sonner l'horloge de la cathédrale, elle dit : « Mon rêve, ce serait un enfant robuste comme le métal des cloches et juste comme une horloge. » À peine eut-elle prononcé ces mots, qu'elle sentit son cœur tressaillir.

Moins d'un an plus tard, elle mit au monde un enfant. L'accouchement fut long et douloureux, et, hélas, le bébé ne vécut pas. Il respira une fois avant de rendre l'âme dans les bras de sa nurse. La princesse Mariposa n'en sut rien. Elle avait perdu connaissance et personne ne pouvait dire si elle allait vivre ou mourir. Quant au prince Otto, il était comme fou. Il arracha le petit cadavre des bras de la nurse en disant : « Quoi qu'il advienne, j'aurai un héritier ! »

Il courut aux écuries faire seller son cheval le plus rapide, et, serrant contre lui l'enfant mort, il partit au galop.

Il galopa à bride abattue, en direction du nord, jusqu'à l'atelier du Dr Kalmenius, près des mines d'argent de Schatzberg. C'est là que le grand horloger créait les merveilleux objets dont il avait le secret. Notamment ses fabuleuses horloges qui indiquaient la position des planètes avec vingt-cinq mille ans d'avance, et ses fameux petits automates : danseurs, cavaliers, archers ou musiciens.

« Eh bien ? » dit le Dr Kalmenius.

La princesse s'appelait Mariposa. Elle était très belle, mais quelle princesse ne l'est pas ? Être belle est leur profession. La princesse Mariposa passait son temps à faire des achats. Les couturiers lui vendaient des robes à moitié prix, car les tenues qu'elle portait dans le monde les rendaient célèbres. Comme quoi, pour acheter bon marché, il vaut mieux être riche. Les pauvres doivent toujours payer le prix fort.

Sans même se dévêtir, les épaules encore couvertes de neige, le prince Otto lui tendit le corps du bébé.

« Je veux un autre enfant ! dit-il. Mon fils est décédé, et sa mère est entre la vie et la mort ! Dr Kalmenius, fabriquez-moi un enfant !... Un enfant vivant ! »

Malgré sa folie, le prince Otto savait bien qu'un automate ne pouvait pas ressembler à un enfant vivant, mais l'argent des mines de Schatzberg avait des qualités particulières. Il était malléable, doux, lustré, et d'un aspect velouté comme les ailes d'un papillon. Pour le grand horloger, cette tâche représentait un défi auquel il ne pouvait résister. Tandis que le prince Otto enterrait son fils, le Dr Kalmenius se mit donc au travail. Il fondit le minerai, affina l'argent, le martela pour en faire des feuilles d'une extrême finesse et, avec de l'or, il tissa des fils plus délicats que des fils d'araignée, qu'il fixa un par un à la tête de l'enfant. Il moula, lima, trempa, souda, assembla, vissa, et procéda à tous les réglages nécessaires, jusqu'à ce que le ressort soit bien tendu et que l'échappement produise un tic-tac parfaitement régulier.

Lorsque l'enfant fut prêt, le Dr Kalmenius le donna au prince Otto, qui l'examina avec le plus grand soin. Le bébé respirait, bougeait, souriait et, aussi mystérieux que cela puisse paraître, il avait la tiédeur d'un corps humain. C'était le portrait du petit prince défunt. Le prince Otto enveloppa le bébé dans sa cape et repartit pour le palais. Quand il déposa le nouveau-né dans les bras de la princesse Mariposa, elle ouvrit les yeux, et la joie de voir celui qu'elle prenait pour son enfant la ramena à la vie. Elle était si jolie avec un bébé dans les bras ! Elle s'était toujours imaginée ainsi.

On l'appela Florian. Une année passa, puis deux, puis trois. Chéri de tous, le petit garçon grandissait, heureux, plein de vigueur et de vivacité. Le prince Otto lui apprit à monter sur un poney et à tirer à l'arc. Il dansait, jouait du clavecin, et devenait de jour en jour plus fort, plus grand, plus joyeux et plein d'entrain.

Mais, au cours de sa cinquième année, le petit prince commença à souffrir de troubles de santé inquiétants : une raideur douloureuse dans les articulations, une constante sensation de froid, et son visage, habituellement si animé et expressif, se figea de plus en plus. Ce n'était plus le bel enfant que la princesse Mariposa avait coutume de voir à ses côtés, et elle était folle d'inquiétude.

« Ne pouvez-vous faire quelque chose pour lui redonner la santé ? » demanda-t-elle au médecin de la Cour.

Le médecin ausculta l'enfant, examina sa langue et lui tâta le pouls. Ce qu'il observa ne ressemblait à aucune maladie de sa connaissance. S'il n'avait pas eu affaire à un petit garçon, il aurait dit qu'il se grippait comme une horloge rouillée, mais ce n'était pas une chose à dire à la princesse Mariposa.

« Votre fils n'a rien de grave. Il a ce qu'on appelle une oxydose inflammatoire. Donnez-lui deux cuillerées d'huile de foie de morue trois fois par jour, et frictionnez-lui la poitrine avec de l'huile de lavande. »

Ça, c'est une réponse typique de docteur. Il invente un nom savant (oxydose signifie simplement rouille) et prescrit un médicament qui, de toute façon, ne peut pas faire de mal. C'est une des premières choses qu'on leur enseigne dans les facultés de médecine... enfin, c'était comme ça autrefois. Mais le médecin de la Cour savait y faire avec les malades, et même s'il n'était pas toujours capable de les guérir, il avait l'art de les rassurer et de les flatter.

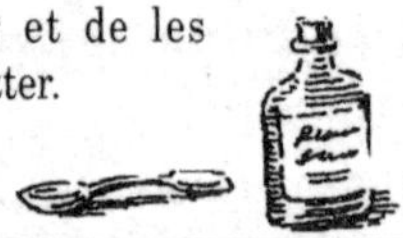

Mais le prince Otto, lui, soupçonnait la vérité. Il reprit donc le chemin des mines de Schatzberg, et alla frapper à la porte du Dr Kalmenius.

« Qu'y a-t-il ? dit l'horloger.

— Le prince Florian est malade. Que peut-on faire ? »

Le prince décrivit les symptômes du mal, et le Dr Kalmenius haussa les épaules.

« C'est dans la nature des mécanismes de s'arrêter. Il est normal que le ressort se fatigue et que l'échappement s'encrasse. Je peux déjà vous dire comment le mal va évoluer : la peau va perdre sa souplesse et se craqueler, puis se fendre du haut en bas, et, à l'intérieur, il ne restera plus que du métal rouillé. Alors ce sera fini : l'enfant ne remarchera plus jamais.

— Mais pourquoi ne m'avez-vous pas prévenu de ce qui allait arriver ?

— Vous ne m'avez rien demandé... Vous étiez si pressé.

— Ne pouvez-vous pas simplement le remonter ?

— Impossible.

— Alors que faire ? dit le prince Otto dans un accès de rage et de désespoir. N'y a-t-il donc rien qui puisse le sauver ? Il me faut à tout prix un héritier ! L'avenir de la famille royale en dépend !

— Il reste une possibilité, répondit le Dr Kalmenius. Votre fils s'affaiblit parce qu'il n'a pas de cœur. Trouvez-lui un cœur et il vivra. Mais j'ignore où vous trouverez un cœur en bon état dont le propriétaire voudra bien se séparer. Par ailleurs... »

Mais le prince Otto était déjà parti. Il ne prit pas le temps d'écouter ce que le Dr Kalmenius s'apprêtait à lui dire. Il en est souvent ainsi avec les princes. Ils veulent des solutions immédiates, pas celles qui exigent du temps et de l'attention. Ce que le grand horloger voulait ajouter, c'était ceci : « Ce cœur devra être donné pour de bon. » De toute façon, l'eût-il entendu, il est fort probable que le prince Otto n'aurait pas compris ce que cela voulait dire.

Le prince rentra donc au palais en retournant le problème dans tous les sens. Quel dilemme !... Pour sauver son fils, il devait sacrifier un autre être humain ! Comment faire ? Et à qui demander un tel sacrifice ?

Alors, il pensa au baron Stelgratz.

Mais bien sûr ! Que n'y avait-il songé plus tôt ? Le baron était un vieux conseiller de confiance, un véritable ami, fidèle et courageux. Le petit prince l'adorait. Ils passaient des heures ensemble à jouer aux soldats de plomb. Le noble vieillard lui apprenait à manier l'épée ou tirer au pistolet, et il lui enseignait tout sur les animaux de la forêt.

Plus le prince Otto y songeait, plus ce choix lui semblait judicieux. Le baron Stelgratz serait trop heureux de pouvoir donner son cœur pour la famille. Mais il valait mieux ne pas lui en parler tout de suite, et attendre qu'ils soient dans l'atelier du Dr Kalmenius. Une fois là, le baron verrait aussitôt ce qu'il lui restait à faire.

En rentrant au palais, le prince Otto constata que l'état du petit prince s'était aggravé. L'enfant pouvait à peine marcher sans tomber, et sa voix, autrefois si pleine de vie et de gaieté, ressemblait de plus en plus au son aigrelet d'une boîte à musique. Il parlait très peu, mais chantait inlassablement les quelques chansons qu'il connaissait. De toute évidence, il n'en avait plus pour longtemps.

Voyant cela, le prince Otto se rendit directement auprès de la princesse et la persuada que quelques jours de chasse et un peu d'exercice dans la forêt feraient le plus grand bien à leur fils. Et puis, ajouta-t-il, le baron Stelgratz les accompagnerait et, avec le baron, Florian ne courait aucun risque.

Le prince Otto enveloppa donc le petit garçon avec soin, l'installa dans le traîneau à côté du baron, puis tous trois se mirent en route.

Mais en traversant la forêt, à la nuit tombante, le traîneau fut attaqué par des loups.

Excitées par la faim, les bêtes surgirent de derrière les arbres et sautèrent sur les chevaux. Le prince Otto fouetta l'attelage de toutes ses forces, et le traîneau bondit en avant, poursuivi par la meute. Assis à côté du baron, le prince Florian s'agrippait au bord du traîneau, et regardait s'approcher les loups avec terreur. Le baron Stelgratz dut bientôt se résoudre à vider son fusil sur les bêtes affamées qui bondissaient autour d'eux, la bave aux lèvres. Mais cela n'eut aucun effet. Le traîneau continuait à sauter et tanguer sur le chemin cahoteux et menaçait à chaque instant de se renverser. Ce serait alors la mort pour tous.

« Votre Altesse ! cria le baron. Il n'y a qu'une chose à faire, et je la fais de grand cœur ! »

La seule chose à faire quand on est poursuivi par des loups, c'est de leur jeter quelque chose à manger, et d'essayer de s'enfuir pendant qu'ils mangent. Le baron Stelgratz le sait bien. Mais il sait aussi qu'il brûle ses dernières cartouches.

Et, pour sauver ses amis, le brave homme sauta du traîneau...

Aussitôt, les loups se jetèrent sauvagement sur lui et le mirent en pièces. Pendant ce temps, le traîneau poursuivait sa route à travers la forêt silencieuse, laissant loin derrière lui les grognements et les hurlements des bêtes.

Et *maintenant*, qu'allait faire le prince Otto ?

Pour l'instant, il fallait avancer. Il n'avait pas d'autre choix. Et espérer trouver, pour remplacer le baron, quelque chasseur ou quelque bûcheron solitaire, dont on dédommagerait la famille plus tard. Mais il ne rencontra âme qui vive. Derrière le prince Otto, l'enfant, enveloppé dans des fourrures, se tenait recroquevillé sur le siège arrière, secoué par les cahots. De plus en plus raide et de plus en plus froid, il retournait de minute en minute à l'état de machine. Sous l'effet des secousses, il chantait de temps à autre une petite mélodie, mais il ne parlait plus.

Ils arrivèrent enfin aux mines de Schatzberg, et chez l'horloger.

Il ne restait plus qu'une seule solution. Le prince Otto comprit qu'il devait se sacrifier lui-même, et il était prêt. La dynastie était plus importante que tout : plus importante que le bonheur, l'amour, la vérité, la paix ou l'honneur ; et beaucoup plus importante que sa propre vie. Le prince donnerait son cœur, tout froid, fanatique et fier qu'il était, pour la gloire de la maison royale.

« Êtes-vous bien sûr de ce que vous voulez ? demanda le Dr Kalmenius.

— Ne discutez pas ! Prenez mon cœur, et mettez-le dans la poitrine de mon enfant ! Qu'importe si je meurs, pourvu que vive la dynastie ! »

Le problème du cœur étant résolu, restait celui du retour : comment l'enfant retournerait-il tout seul au château ? Moyennant une somme plus élevée, le Dr Kalmenius proposa d'équiper le cadavre du prince Otto d'un mécanisme qui lui permettrait de conduire le traîneau jusqu'au palais.

Il procéda donc à l'opération. Il préleva le cœur du prince avec de fins instruments, et le transféra dans le corps affaibli du petit garçon. Aussitôt, la pâleur métallique du prince Florian disparut. Ses joues reprirent des couleurs, ses yeux s'ouvrirent et une vigueur toute neuve parcourut ses membres. Il était vivant.

Entre-temps, le Dr Kalmenius prépara le petit appareil destiné au prince Otto. Un mécanisme très rudimentaire, mais qui marcherait longtemps. Des années s'il le fallait. Avec un tel appareil, le prince aurait pu aller au bout du monde. À l'arrivée, cette petite machine ferait toujours tic-tac dans sa poitrine, même s'il ne restait plus d'Otto qu'un squelette.

Une fois ce travail terminé, le Dr Kalmenius enveloppa chaudement le petit prince Florian endormi et le porta dans le traîneau. Puis il plaça le fouet dans la main de son père, qui se mit aussitôt à frapper furieusement les chevaux. Les bêtes affolées se lancèrent alors dans le galop effréné qui devait les ramener jusqu'au palais.

Leur arrivée fut des plus étranges. Vous vous rappelez peut-être comment le traîneau avait pénétré dans la cour, et comment le médecin de la famille royale avait découvert l'appareil à la place du cœur. Tout le palais était en émoi. Chez les domestiques, ce n'étaient que chuchotements à propos de ce macchabée dont le bras continuait à bouger. Toutes sortes de rumeurs étranges circulaient à travers la ville : il était question de cadavres, de fantômes, de malédictions, de diables, de mort, de vie et de mécanique. Mais personne ne connaissait la vérité.

Le temps passa. On partit à la recherche du baron, on pleura le prince Otto, et la princesse Mariposa, charmante dans sa robe de deuil, pleura, elle aussi, de façon touchante. Le petit Florian grandit. Cinq années s'écoulèrent, et tout le monde s'extasiait sur la beauté du jeune prince, sur sa gaieté et sa gentillesse. La famille royale avait bien de la chance d'avoir un tel héritier !

Mais, durant l'hiver de sa dixième année, les inquiétants symptômes réapparurent. Le prince

Florian se plaignit de douleurs dans les articulations, d'une raideur dans les bras et les jambes, et d'une sensation de froid permanente. Sa jolie voix d'enfant prit une tonalité métallique, un peu comme une boîte à musique.

Le médecin de la cour fut, cette fois encore, très intrigué.

« Il a hérité cette maladie de son père, dit-il. Il n'y a aucun doute.

— Mais quelle est cette maladie ? demanda la princesse Mariposa.

— Une faiblesse congénitale du cœur, répondit le médecin, l'air très sûr de lui. Combinée avec une oxydose inflammatoire. Mais si Votre Altesse s'en souvient, quelques jours d'exercice dans la forêt avaient suffi à guérir le mal. Ce dont le prince a besoin, c'est d'une semaine au pavillon de chasse.

— Mais la dernière fois qu'il y est allé, avec son père et le baron Stelgratz, vous savez bien ce qui est arrivé !

— Ah, la science médicale a fait de merveilleux progrès ces cinq dernières années, dit le médecin. N'ayez crainte, Votre Altesse. Nous organiserons une partie de chasse pour le petit prince, et il reviendra resplendissant de santé, exactement comme avant. »

Mais les courtisans avaient moins confiance dans la science médicale que le médecin. Tous se rappelaient ce qui s'était passé lors de la précédente sortie, et aucun ne voulait s'aventurer dans la forêt, même pour sauver le prince Florian. L'un avait la goutte, l'autre un rendez-vous urgent à Venise, tel autre encore devait rendre visite à sa grand-mère à Berlin, et ainsi de suite. Le médecin, lui, ne devait quitter le palais sous aucun prétexte. On pouvait avoir besoin de lui à tout moment. Quant à la princesse Mariposa, il ne fallait pas y songer : l'air froid était très mauvais pour son teint.

Finalement, comme il n'y avait personne d'autre de disponible, on fit appel à un des valets d'écurie et on lui offrit dix pièces d'argent pour emmener le prince Florian au pavillon de chasse.

« Payées d'avance ? » demanda-t-il. Il savait, lui aussi, ce qui s'était passé la dernière fois, et il voulait pouvoir compter sur son argent quoi qu'il advienne.

On lui donna donc ses pièces d'argent, et, le moment venu, il installa le prince Florian dans le traîneau et attela les chevaux. La princesse Mariposa les regarda partir de sa fenêtre et leur fit de grands signes d'adieu.

En traversant la forêt, le valet d'écurie se dit : À mon avis, ce gamin n'en a plus pour longtemps. Il a une sale mine. Et si je rentre en disant qu'il est mort, ça me retombera dessus. Et puis, avec dix pièces d'argent et le traîneau, je peux passer de l'autre côté de la frontière et m'installer à mon compte. Acheter une petite auberge, par exemple, peut-être trouver une femme et avoir des enfants. C'est ce que j'ai de mieux à faire... De toute façon, rien ne peut sauver le petit. En réalité, en le laissant ici, je lui fais une faveur. On peut même dire que c'est un acte de charité.

Là-dessus, il arrêta le traîneau à un carrefour et fit descendre le prince Florian.

« Allez, dit-il, débrouille-toi tout seul maintenant. Je ne peux plus te garder. Va te dégourdir les jambes. Ça te fera du bien ! »

Et il repartit.

Le prince Florian se mit à marcher sans protester. Ses jambes étaient toutes raides et, malgré l'épaisse couche de neige qui recouvrait la route, il poursuivit son chemin. Arrivé à un tournant, il aperçut en contrebas une petite ville silencieuse sous la lune. Minuit sonnait à l'église.

Une lumière brillait à la fenêtre d'une auberge, et un vieux chat noir se tenait tapi dans l'ombre. Après beaucoup d'efforts, le prince Florian réussit à atteindre la porte et l'ouvrit. Il ne pouvait plus parler. En guise de salutation, il entonna la seule chanson qu'il était encore capable de chanter.

TROISIÈME PARTIE

Sire Cœur d'Airain s'arrêta net. Son épée était à quelques centimètres de la gorge de Gretl. La voix du petit prince résonnait doucement à travers l'auberge, et Gretl resta là, stupéfaite, à la fois terrifiée par le chevalier, et étonnée par l'apparition de l'enfant.

« D'où viens-tu ? dit-elle. Serais-tu, par hasard, le petit prince dont parlait Fritz dans son histoire ?...

Comme tu as l'air d'avoir froid ! Et qui est cet individu avec son épée si pointue ? Il faut faire quelque chose... mais quoi ? »

Il n'y avait personne pour l'aider. Elle était seule avec ces deux êtres, le méchant d'un côté et le gentil de l'autre. Gretl toucha délicatement la joue du prince et la trouva froide. Mais son geste réveilla un instant le mécanisme, et l'enfant tourna les yeux vers elle en souriant.

« Oh, pauvre petit ! » s'écria-t-elle.

Les lèvres du prince s'entrouvrirent et il chanta une ou deux notes.

« Je sais ce que c'est, dit Gretl. Tu n'es pas bien. Je n'aime pas du tout ce petit chevalier, et je ne veux pas te laisser ici avec lui. Mais je connais le responsable de tout ça. C'est Fritz, c'est lui qui a inventé cette histoire. Si seulement on pouvait savoir comment elle se termine... »

Elle jeta un regard vers le poêle, où Fritz avait jeté les feuilles de son manuscrit. Elle croyait qu'il n'en restait rien, mais aperçut dans l'ombre un bout de papier tout froissé qui avait échappé aux flammes.

Elle le ramassa et le déplia. C'était la page qu'il était en train de lire au moment où était entré l'étranger.

Il était très grand et maigre, avec une mâchoire et un nez proéminents. Ses yeux luisaient comme des charbons au fond de deux trous obscurs. Il avait de longs cheveux gris, et portait un manteau noir à ample capuchon à la façon des moines. Sa voix rauque et discordante, son regard inquisiteur, tous ces éléments lui donnaient un air féroce.

Tel était l'homme qui...

C'était tout. L'histoire s'arrêtait là.

« C'est juste à ce moment-là qu'il est entré ! » se dit Gretl. Mais il y avait encore quelques mots griffonnés en dessous, et, en regardant bien, elle parvint à les déchiffrer.

Oh, c'est impossible ! Quelle fin pourrais-je trouver pour cette histoire ? Il faudra que j'improvise le moment venu. J'espère que j'y arriverai. Si je m'en sors bien, je donne mon âme au diable !

Gretl était horrifiée. Comment pouvait-on écrire des choses pareilles ?

« Eh bien, puisque c'est lui qui a inventé cette histoire, je vais l'obliger à la finir. Assieds-toi au chaud, prince Florian, si c'est bien ainsi que tu t'appelles. Je vais aller chercher Fritz. Lui seul peut arranger les choses. »

Là-dessus, elle enfila son manteau et se rendit chez le conteur.

Pendant ce temps, Karl avait préparé l'emplacement prévu pour son chef-d'œuvre dans la grande horloge. Dans un état de grande excitation, il dévala l'escalier du clocher et traversa la place en courant jusqu'à l'auberge. Le vieux Putzi était toujours dehors, occupé à faire sa toilette sur le rebord de la fenêtre, et attentif à tout ce qui se passait. Le froid était vif, et le chat songeait à aller dormir près du poêle.

Mais Karl ne le remarqua pas. Il avait autre chose en tête. Le jeune homme entra dans l'auberge et referma la porte sans bruit. Il s'arrêta soudain, saisi d'inquiétude : que faisait Sire Cœur d'Airain avec son épée en l'air, et la toile, par terre, à l'autre bout de la salle ?

Quelqu'un était-il venu ? Qui avait pu déranger le chevalier ? Il n'y avait pas de mort, heureusement. Mais pourquoi la statue avait-elle changé de place ? Karl regarda autour de lui, et vit alors le petit prince sagement assis sur sa chaise, en train de le regarder. D'étranges pressentiments le firent frissonner des pieds à la tête.

Il ouvrit la bouche pour parler, mais réalisa aussitôt que l'enfant n'était pas vivant. C'était un automate, comme Sire Cœur d'Airain ! Et bien plus beau, celui-là. Il l'examina de près, admirant tour à tour les cheveux en fils d'or, d'une merveilleuse finesse ; les joues duvetées comme des ailes de papillon ; les yeux d'un bleu lumineux, qu'on aurait dits presque vivants à la façon dont ils le regardaient !

Ce ne pouvait être que l'œuvre du Dr Kalmenius. Il avait dû l'apporter pour Karl.

Intrigué, le jeune homme s'approcha et souleva la main de l'enfant. Que pouvait donc faire cet étonnant personnage ? Dans un sursaut d'énergie, le prince Florian lui serra la main et chanta pour lui quelques notes de musique. Cet automate était décidément bien extraordinaire... Karl eut alors une idée de génie. Pourquoi ne pas mettre ce personnage-là dans l'horloge à la place de Sire Cœur d'Airain ? Un beau petit garçon qui chantait une jolie mélodie aurait beaucoup plus de succès auprès du public qu'un chevalier sans visage armé d'une épée menaçante.

Et il pourrait ainsi garder Sire Cœur d'Airain pour lui.

Son esprit s'emballait... Il se voyait déjà parcourant le monde, multipliant les spectacles et devenant célèbre.

Rien que d'imaginer tout ce qu'il pourrait faire avec le chevalier lui donnait le tournis. L'or qu'il pourrait voler, les trésors interdits qu'il pourrait s'approprier avec l'aide de ce complice muet, sur qui il pourrait toujours compter pour tuer, sans risque d'être trahi ! Il lui suffirait d'amener sa victime à dire le mot « diable », et de laisser Sire Cœur d'Airain jouer son rôle. Lui-même pourrait être ailleurs, occupé à jouer aux cartes avec des dizaines de témoins, ou même à l'église, entouré des fidèles. Personne ne se douterait jamais de rien !

L'excitation de Karl était telle qu'il en perdait tout sens moral. L'église, son père et sa mère, son frère et sa sœur, Herr Ringelmann, toutes les bonnes influences qu'il avait connues jusqu'à ce jour furent balayées en un instant. Tout ce qu'il voyait, c'étaient la richesse et le pouvoir que lui apporterait Sire Cœur d'Airain.

Avant qu'il ait pu changer d'avis, il jeta la toile sur le chevalier, prit le prince Florian sous le bras, et repartit vers le clocher.

De son côté, Gretl poursuivait péniblement son chemin dans la neige pour aller retrouver Fritz. Du bout de la rue, elle aperçut la maison. Il n'y avait pas de lumière aux fenêtres, sauf à celle du grenier où Fritz passait souvent la nuit à travailler. Elle frappa une dizaine de fois avant que la propriétaire ne vînt ouvrir la porte.

« Qui est-ce ? Que voulez-vous à une heure pareille ?... Ah, c'est toi mon enfant. Qu'est-ce donc qui t'amène ici ?

— Il faut que je parle à monsieur Fritz ! C'est très important ! »

La vieille dame la laissa entrer en bougonnant : « Oui, j'ai entendu parler de toute cette affaire à l'auberge. On n'a pas idée d'inventer des histoires aussi horribles et de faire peur aux gens comme ça ! Je serai contente quand il sera parti. J'étais d'ailleurs sur le point de lui donner son congé. Allez va, mon petit, c'est tout droit en haut de l'escalier. Je ne peux pas de donner de bougie, celle-ci est la seule que j'ai et j'en ai besoin. Tu as de bons yeux. Débrouille-toi. »

Gretl monta les quatre étages, et à mesure qu'elle montait, l'escalier devenait de plus en plus sombre et de plus en plus étroit. Elle parvint enfin à un minuscule palier où brillait un rai de lumière sous une porte. Elle frappa. Une voix inquiète lui répondit :

« Qui est-ce ? Que voulez-vous ?

— C'est Gretl, monsieur Fritz ! De l'auberge ! Il faut que je vous parle !

— Eh bien entre..., du moment que tu es seule... »

Gretl ouvrit la porte. Elle trouva Fritz debout près d'une lampe fumante, en train de jeter des tas de papiers dans un sac en cuir rempli de vêtements, de livres, et d'objets variés. Un verre d'eau-de-vie était posé sur la table à côté de lui. À voir son regard trouble, ses joues rouges et ses cheveux en bataille, il avait déjà bu une bonne quantité d'alcool.

« Qu'est-ce qu'il y a ? dit-il. Que veux-tu ?

— Cette histoire que tu nous as racontée, commença Gretl.

— Arrête ! interrompit Fritz, en se bouchant les oreilles. Ne m'en parle pas ! Je voudrais ne l'avoir jamais commencée ! N'avoir jamais raconté d'histoires de ma vie !

— Mais tu dois m'écouter ! dit-elle. Quelque chose de terrible va arriver, et je ne sais pas ce que c'est parce que tu n'as pas fini d'écrire l'histoire !

— Comment sais-tu que je n'ai pas fini ? »

Elle lui montra la feuille de papier qu'elle avait trouvée. Il se cacha le visage dans les mains en gémissant.

« Ça ne sert à rien de gémir. Il faut terminer cette histoire. Que se passe-t-il après ?

— Je ne sais pas, s'écria-t-il. La première partie, je l'ai vue en rêve, et c'était si étrange, si horrible, que je n'ai pas pu résister... Je l'ai écrite comme si elle était de moi... Mais je n'ai pas réussi à trouver une suite !

— Et qu'avais-tu l'intention de faire une fois que tu aurais fini cette partie ?

— Improviser, bien sûr ! Je l'ai déjà fait. Je le fais souvent. J'aime le risque, tu comprends. Je commence une histoire sans savoir ce qui va se passer à la fin, et après j'invente. Parfois, c'est mieux que d'écrire tout d'avance. J'étais sûr de pouvoir faire la même chose cette fois-ci. Mais quand la porte s'est ouverte et que le vieil homme est entré, j'ai perdu les pédales... Oh, si seulement je

Regardez ce pauvre Fritz... Il a complètement perdu les pédales. Qu'est-ce qui lui a pris de vouloir jouer au conteur? S'il avait été un homme de métier, comme un horloger par exemple, il aurait su que toute action a ses conséquences. Pour chaque tic, il y a un toc. Pour chaque «il était une fois», il faut une histoire. Si rien n'a été prévu... alors, qui sait ce qui peut arriver?

n'avais jamais commencé ! Désormais, je ne raconterai plus d'histoires !

— Mais tu dois quand même raconter la fin de celle-ci, sinon il y aura un malheur. Il le faut absolument.

— Je ne peux pas.

— Il le faut.

— Mais j'en suis incapable !

— Qu'importe, tu dois le faire.

— Impossible. Je ne contrôle plus les événements. Maintenant que tout est enclenché, l'histoire doit se dérouler jusqu'au bout. Je ne peux rien y changer. D'ailleurs je m'en vais !

— Tu ne peux pas partir comme ça ! Où vas-tu ?

— N'importe où ! Berlin, Vienne, Prague... le plus loin possible ! »

Il se versa un autre verre d'eau-de-vie et l'avala d'un trait.

Gretl sortit en soupirant.

Tandis qu'elle descendait à tâtons le sombre escalier de la maison de Fritz, Karl retournait à l'auberge. Il avait emmené le petit Florian en haut du clocher et, ignorant les protestations du malheureux prince qui implorait sa pitié en chantant, il l'avait fixé au socle de l'horloge. L'apprenti n'avait plus de souci à se faire : son chef-d'œuvre était prêt et, dès le lendemain matin, tout le monde pourrait l'admirer. Félicité par tous, et muni du certificat de

Herr Ringelmann, il allait enfin voir son nom s'ajouter à la liste des maîtres horlogers. Il pourrait quitter la ville et parcourir le monde avec Sire Cœur d'Airain. Et alors, à lui le pouvoir et la fortune !

Mais, lorsqu'il ouvrit la porte de l'auberge pour prendre le petit chevalier et le cacher chez lui, il eut un sombre pressentiment. Pris de frissons, il s'arrêta sur le seuil sans oser aller plus loin. Putzi, voyant la porte ouverte, sauta du rebord de la fenêtre, mais Karl n'y prêta pas plus attention que la première fois. Il avait tort. Les chats sont des êtres vivants comme nous et, même si on n'est pas superstitieux, on leur doit quelques égards. L'apprenti aurait pu, par politesse, accorder une petite caresse au vieux matou, mais il n'était pas d'humeur à être poli. Quand le chat passa d'un air digne à côté de lui, il ne le vit même pas.

Finalement, Karl prit son courage à deux mains et pénétra dans l'auberge. Le silence était impressionnant ! La sinistre statue était toujours là. La pointe de son épée avait transpercé la toile et brillait d'un éclat menaçant...

Un craquement soudain, dans le poêle, fit sursauter le jeune homme. Apercevant une lueur rouge sur le

Les ennuis ne vont pas tarder, c'est moi qui vous le dis. On a toujours intérêt à être poli, même avec les êtres qui ne parlent pas.

plancher, il pensa aux flammes de l'enfer. La sueur lui monta au visage.

Il s'épongeait le front quand la grande pendule dans l'angle de la pièce se mit à sonner. Il fit un bond, comme un criminel surpris en flagrant délit. Le cœur battant à tout rompre, il dut s'appuyer contre la table.

« Oh, c'en est trop ! Je n'en peux plus ! Je n'ai pourtant rien fait de mal... Pourquoi suis-je donc si nerveux ? De quoi aurais-je peur ? »

Lorsqu'il entendit cette voix, le vieux Putzi crut avoir trouvé quelqu'un qui pourrait lui donner un peu de lait. Voulant se montrer aimable, il sauta sur la table, et se frotta contre le bras du jeune homme.

Les voilà,
les ennuis.

Ce chat noir surgi de nulle part, c'était plus que Karl n'en pouvait supporter. Il s'écarta d'un bond avec un cri d'horreur.

« Que diable... ? »

Aussitôt il plaqua sa main sur sa bouche pour faire rentrer le mot fatal à l'intérieur. Trop tard. Dans le coin de la salle, le chevalier avait commencé à bouger. La toile tomba par terre, et Sire Cœur d'Airain leva son épée. Il tourna la tête d'un côté puis de l'autre pour repérer l'endroit où était réfugiée sa victime.

« Non ! Non ! Arrête... attends... la mélodie... laisse-moi siffler la mélodie... »

Mais Karl avait les lèvres complètement sèches. Il tenta vainement de les humecter avec la langue... Impossible de sortir un son ! Le petit personnage métallique et sa redoutable épée s'approchaient de plus en plus, et l'apprenti recula en chancelant. Il avait beau essayer de fredonner, de chanter, de siffler, il ne faisait que pleurer, bégayer et sangloter, tandis que le chevalier continuait à avancer.

Lorsque Gretl revint à l'auberge, elle entendit miauler Putzi : « Comment es-tu entré, gros bêta ? » dit-elle en ouvrant la porte.

Sans même se laisser caresser, le chat en profita pour filer vers la place. La fillette referma la porte et chercha le petit prince, mais il avait disparu. Et c'est alors qu'elle découvrit la scène... Là, au milieu de la pièce, se tenait Sire Cœur d'Airain, immobile sous son casque luisant, son épée pointée vers le sol... et plantée dans la gorge de l'apprenti.

Je voudrais bien le sauver, le malheureux. Hélas, ce n'est plus possible. L'histoire doit suivre son cours jusqu'au bout. Après tout, Karl n'a que ce qu'il mérite. Non seulement il était paresseux et avait mauvais caractère, mais en plus il était méchant. Il n'aurait pas hésité à se servir du chevalier pour tuer des gens et faire de l'argent. Maintenant, sa dernière heure a sonné. Alors, fermez les yeux un instant et pensez à autre chose.

Gretl faillit s'évanouir d'horreur, mais c'était une fille courageuse, et elle avait vu ce que Karl tenait à la main : la grosse clé en fer du clocher. Toute bouleversée qu'elle était, elle n'eut aucune peine à deviner ce qui était arrivé au petit prince. Elle saisit la clé, sortit de l'auberge précipitamment, et courut jusqu'au clocher.

Elle ouvrit la porte d'un tour de clé et se mit à grimper. C'était le deuxième escalier qu'elle escaladait de la soirée, mais celui-là était bien plus haut et bien plus raide que celui de Fritz. Plus sombre aussi, et envahi de chauves-souris. Un vent lugubre s'engouffrait dans les cloches en mugissant et agitait leurs cordes.

Malgré cela, elle monta d'abord jusqu'à l'étage où était située la partie basse de l'horloge, c'est-à-dire la partie la plus ancienne et la plus simple du mécanisme. Elle avança à tâtons au milieu d'énormes rouages et de grosses cordes, reconnut au passage saint Wolfgang et le diable, mais elle ne trouva pas le prince. Poursuivant son chemin, elle frôla l'Archange Michel revêtu de son armure. Sire Cœur d'Airain lui revint alors en mémoire et elle retira aussitôt sa main. Puis elle rencontra un personnage habillé d'une longue robe. Avec ses doigts, elle remonta jusqu'au visage pour en explorer les contours, et recula en frissonnant... C'était une tête de mort.

Le temps s'écoule, comme le sable du sablier, qui est d'ailleurs une autre sorte d'horloge. Gretl arrivera-t-elle à temps pour le prince ? À temps… On ne peut mieux dire… elle est au cœur même du temps, puisqu'elle est dans l'horloge. Elle y arrivera.

Elle reprit son ascension au milieu d'un concert de tic-tac, de clic-clac, de grincements, de ronronnements et de grondements. Elle enjamba une succession de traverses, de leviers, de chaînes et de rouages, et plus elle avançait, plus elle avait l'impression de faire, elle aussi, partie de l'horloge. Et pendant tout ce temps, elle restait aux aguets, scrutant l'obscurité, tâtonnant, et écoutant de toutes ses oreilles.

Arrivée en haut du clocher, elle se hissa par une trappe jusqu'à l'étage supérieur, et, sous les rayons argentés de la lune, découvrit un mécanisme d'une incroyable complexité. Au même moment, elle entendit une petite chanson. C'était le prince qui l'appelait.

Éblouie par la lune, Gretl cligna des yeux et se frotta les paupières. Le prince Florian était là, en effet, passant les derniers instants de sa vie d'automate à chanter comme un rossignol.

« Oh ! Pauvre petit ! Karl a tellement serré les boulons que je n'arrive pas à les défaire... Il voulait donc te laisser ici et s'enfuir... Quelle cruauté !... Qu'est-ce qui ne va pas, prince Florian ? Je suis sûre que tu me le dirais si tu pouvais. Tu es sûrement malade. Tu as besoin de chaleur, tu es tout froid. Pas étonnant après tout ce qu'on t'a fait. Tant pis ! Si je ne peux pas te faire descendre, je resterai ici avec toi. On va s'envelopper tous les deux dans mon manteau, tu vas voir. De toute façon, crois-moi, ici on est plus tranquilles. Si tu savais ce qui s'est passé ! Tu ne me croirais pas ! Mais je ne te le dirai pas maintenant, cela t'empêcherait de dormir. Je te raconterai tout demain matin, promis. Tu n'as pas besoin de parler si tu n'en as pas envie. Réponds-moi juste par un signe de tête. »

Le prince Florian fit oui de la tête. Gretl s'enveloppa avec lui dans son manteau et s'endormit en le serrant dans ses bras, avec une dernière pensée pour son protégé : « Il se réchauffe, j'en suis sûre. Je le sens ! »

Le lendemain matin, tous les habitants de la ville, y compris les visiteurs, s'empressèrent de s'habiller et d'avaler leur petit déjeuner. Ils avaient hâte de voir le nouveau personnage de la fameuse horloge.

Les toits couverts de neige scintillaient sous le ciel bleu, et de bonnes odeurs de café et de petits pains frais envahissaient les rues. Un peu avant dix heures, une étrange rumeur se répandit à travers la ville : l'apprenti horloger avait été trouvé mort ! Et qui plus est, assassiné !

La police fit venir Herr Ringelmann pour reconnaître le corps. Le vieil horloger eut un choc en voyant son apprenti étendu sans vie sur le sol. Il était consterné.

« Pauvre garçon ! Le jour où on allait fêter son succès ! Qu'est-ce qui a pu se passer ? Quel désastre ! Qui a pu faire une chose aussi terrible ?

— Reconnaissez-vous cet automate, Herr Ringelmann ? dit le sergent. Ce chevalier ?

— Non, c'est la première fois que je le vois. C'est le sang de Karl sur son épée ?

— Hélas, oui. Pensez-vous qu'il aurait pu fabriquer lui-même ce personnage ?

— Non, certainement pas ! Celui qu'il a fait est dans l'horloge. C'est la tradition, sergent. Il devait installer son nouveau personnage dans l'horloge le dernier soir de son apprentissage, comme je l'avais fait moi-même autrefois. Karl était un brave garçon. Trop calme, peut-être, et un peu morose. Mais un bon apprenti. Je suis sûr qu'il a fait ce qu'il devait faire, et nous verrons son personnage quand il sortira dans une ou deux minutes. Pauvre garçon ! Ce sera son monument funéraire. Quel triste événement pour un jour de fête ! »

Tout allait de travers ce matin-là. L'aubergiste se rongeait d'inquiétude, car Gretl avait disparu. Que lui était-il arrivé ? La ville entière était en émoi. Une foule de curieux s'était rassemblée devant l'auberge pour voir les policiers emporter le corps de Karl sur une civière, recouvert d'une toile. Mais ils ne regardèrent pas longtemps dans cette direction. Il était presque dix heures, en effet, et le nouveau personnage de l'horloge allait faire son apparition.

Tous les yeux se levèrent. La curiosité était encore plus grande que d'habitude, à cause des étranges circonstances de la mort de Karl. La place était pleine de monde au point qu'on ne voyait plus les pavés. Les gens, coude à coude, avaient tous le visage tourné vers l'horloge comme une fleur vers le soleil.

Dix heures commencèrent à sonner. Le vieux mécanisme s'était mis en branle avec tous les bruits habituels. Les personnages familiers apparurent les premiers, les uns faisant une courbette, les autres gesticulant ou simplement pivotant sur la pointe des pieds. On vit ainsi saint Wolfgang jetant le diable par-dessus son épaule, et l'Archange Michel dans son armure rutilante. Puis vint le personnage que Herr Ringelmann avait fabriqué pour la fin de son apprentissage, bien des années plus tôt : un petit garçon qui fit un pied-de-nez à la Mort avant de disparaître.

C'est alors qu'apparut le nouveau personnage tant attendu.

Mais il n'y en avait pas qu'un. Il y en avait deux : deux enfants endormis, un garçon et une fille, si vivants et si beaux qu'ils n'avaient pas du tout l'air mécaniques.

Un cri de surprise s'éleva de la foule quand les deux petits êtres se mirent à bâiller, à s'étirer, et à regarder en bas en s'accrochant l'un à l'autre par crainte de tomber. En même temps, ils riaient et papotaient gaiement dans le soleil du matin, pointant leur doigt vers les bâtiments autour de la place.

« C'est un véritable chef-d'œuvre ! » cria quelqu'un, tandis qu'une autre voix disait : « On n'a jamais rien vu de pareil ! »

Ce fut un concert de louanges :

« Une œuvre de génie !

— Incomparable !

— Ils sont si vivants... Regardez-les nous faire signe ! »

Mais, la main en visière au-dessus des yeux, Herr Ringelmann observait les deux personnages avec une attention toute particulière. Il semblait se douter de quelque chose. Soudain, l'aubergiste poussa un cri de joie.

« C'est ma Gretl ! Elle est vivante !... Gretl, ne bouge pas ! Nous allons monter et vous ramener ! Tu entends, ne bouge pas ! Nous serons là dans un instant ! »

Peu après, les deux enfants étaient en bas, sains et saufs. Il s'agissait bien de deux enfants. Le prince n'était plus un automate. Il était redevenu un enfant comme les autres, et pour toujours. On se souvient de la phrase que le Dr Kalmenius s'apprêtait à dire au prince Otto : « Ce cœur devra être donné pour de bon. » Mais le prince n'avait pas écouté. Personne ne pouvait deviner d'où venait le

Hors de la nuit. Hors du passé. Gretl a fait don de son cœur à Florian, et tous deux regardent maintenant vers le futur.

petit garçon, et Florian lui-même ne pouvait pas s'en souvenir. Bientôt, tout le monde accepta l'idée qu'il s'était perdu et qu'il était temps de s'occuper de lui.

Quant au chevalier à l'épée sanglante, Herr Ringelmann l'emporta chez lui pour l'examiner de près. Lorsqu'on l'interrogea plus tard à son sujet, il ne put que secouer la tête.

« Je me demande comment quelqu'un a pu s'imaginer que cet automate allait marcher, dit-il. Je n'ai jamais vu un assemblage de pièces aussi disparates et aussi mal montées : des ressorts cassés, des roues avec des dents qui manquent, des engrenages rouillés... De la vraie camelote ! J'espère que ce n'est pas Karl qui a fait ça. Enfin, mes amis, pour moi c'est un pur mystère, et je doute qu'on en trouve jamais la clé. »

Et, en effet, le mystère ne fut jamais éclairci. Une seule personne aurait pu raconter ce qui s'était passé, c'était Fritz. Mais il avait eu tellement peur qu'il avait quitté la ville avant le lever du jour, et on ne le revit plus jamais. Il se réfugia dans une autre partie de l'Allemagne, avec la ferme intention de ne plus écrire d'histoires. Jusqu'au jour où il découvrit qu'il pouvait gagner beaucoup d'argent en écrivant des discours pour les politiciens. Quant au Dr Kalmenius, qui peut dire ce qu'il était devenu ? Après tout, il n'était rien d'autre qu'un personnage dans une histoire.

Et si Gretl en savait plus que quiconque, elle n'en soufflait mot. Elle avait donné son cœur au prince, et elle l'avait donné pour de bon. Grâce à elle, l'automate avait pu se transformer en petit garçon. Et tous deux vécurent heureux jusqu'à la fin de leurs jours.

PHILIP PULLMAN

L'auteur est né en 1946, à Norwich, en Angleterre. Son père et son beau-père étaient tous deux dans la Royal Air Force, et il semble avoir passé une bonne partie de son enfance à les suivre autour du monde en bateau, avec sa mère et son frère. Il a ainsi vu le Zimbabwe, l'Australie, le canal de Suez, Bombay, Aden, Le Cap, Colombo, Las Palmas et Madère.

Plus tard, il a étudié l'anglais à l'université d'Oxford, et a été longtemps enseignant, avant de se consacrer entièrement à l'écriture. Plusieurs de ses ouvrages ont été couronnés de succès.

Marié et père de famille, Philip vit à Oxford. Son lieu de travail favori est un cabanon rempli de livres, au fond du jardin.

Nicollet

L'illustrateur de la couverture est né à Lyon, où il a fait les Beaux-Arts, en compagnie notamment de Jacques Tardi. En 1967, il s'inscrit aux Beaux-Arts de Paris, et dans les années soixante-dix, il publie ses premières illustrations dans la presse et dans l'édition. Peu à peu, il affirme son goût pour le fantastique et la science-fiction, et signe de nombreuses couvertures pour divers éditeurs (Lattès, Néo...). Il a également travaillé pour le cinéma, s'est intéressé à l'écriture et enseigne actuellement à l'école Émile Cohl à Lyon.

TABLE DES MATIÈRES

IMAGINAIRE

Quand l'imaginaire
prend le dessus sur le réel.

TITRES DÉJÀ PARUS

Flammarion jeunesse

Là où vivent les morts
Marie-Hélène Delval

Deux siècles après sa mort, Guillaume de l'Hermitière se réveille, en proie au plus profond désespoir. Assoiffé de sang, hanté par son passé tragique et par le souvenir de sa bien-aimée, le comte regarde avec dégoût ce qu'il est devenu. Il se refuse à faire une nouvelle victime. Mais il est si difficile de ne pas céder à ses pulsions...

« La soif qui le dévorait était intolérable. Il s'obligeait à avancer, à s'éloigner de cette proie offerte, cette proie qu'il refusait. Il ne voulait plus faire couler le sang d'une jeune femme. Plus jamais ! »

Le baron ténèbre

Michel Honaker

Alagon Usher a des pouvoirs immenses. Il prétend les tenir de Pendergast, le grand magicien. Pour prouver sa puissance, il doit affronter l'Épreuve du Marais d'Angoisse en prenant le cœur d'un démon. Mais une terrible trahison le fait basculer du côté des forces du Mal : loin du marais, il devient le Baron Ténèbre et prépare son retour...

« Prends garde, Alagon Usher. Les ennemis auxquels tu veux te mesurer sont puissants. Ils sont protégés. C'est une armée qu'il te faudra lever pour accomplir ta vengeance. »

Skellig
David Almond

Michael vient de déménager et tout va de travers : il est éloigné de ses amis et sa petite sœur est malade. Mais un jour, en explorant le garage en ruines, il fait une étrange rencontre : un homme vit là, accroupi dans le noir, sans bouger. Qui est-il ? D'où vient-il ? Michael et Mina, sa nouvelle voisine, sont bien décidés à résoudre ce mystère...

« Il gisait là, derrière des caisses, dans la pénombre et les gravats. Il était pâle, crasseux, desséchés. Au début, je l'ai cru mort. Je me trompais complètement, je n'allais pas tarder à le savoir. J'allais bientôt découvrir qu'il n'y avait rien au monde de plus vivant que lui. »

La source enchantée
Nathalie Babbitt

Winnie est fille unique et s'ennuie chez elle. Elle décide donc d'aller faire un tout dans le petit bois d'en face. Au détour d'un sentier, elle découvre une source. Alors qu'elle s'apprête à y boire, un adolescent l'en empêche. Il s'appelle Jesse Truck et lui raconte comment la vie de sa famille a été bouleversée par cette source qui possède des pouvoirs magiques. Il recommande à Winnie de se méfier... Saura-t-telle résister ?

« La terre, douce et belle, frémissait de lumière, de richesses offertes, de possibilités, à vous en donner le vertige. Peut-être cette histoire de source était-elle vraie ? »

L'appel du fond des temps
Grégoire Horveno

En 2075, au Centre d'écoute spatiale, deux scientifiques reçoivent de bien mystérieux signaux. Aurore et Marc sont persuadés qu'ils proviennent d'une civilisation disparue. À L'occasion d'une expédition intertemporelle, l'équipe remonte le temps jusqu'à l'ère secondaire. Dans ce lointain passé, l'homme n'existait pas mais une autre civilisation régnait sur Terre...

« Ce stylo dans ma main est ici tout ce qui me rattache à notre monde. Tout ce que je vois et entends est tellement inattendu. Je n'ai plus notion de la réalité. Pourtant, tout autour de moi est bien réel. »

Lumina,

Le royaume maudit

A.Grousset, D. Martinigol, P.Porter

Le roi Krilen meurt le jour des quinze ans de sa fille, la princesse Lumina. Celle-ci surprend une conversation entre la reine des Nécromantes et Rankor, le demi-frère du roi, et découvre que son père a été assassiné. Menacée elle aussi, Lumina s'enfuit aux confins du royaume des Mille Collines. Poursuivie par les Nécromantes, la princesse saura-t-elle vaincre les ténèbres et rendre à son royaume la lumière d'autrefois ?

« Lumina essayait de mettre un peu d'ordre dans ses souvenirs d'enfant :
– Ma mère m'avait prédestinée à dompter la lumière avant ma naissance… »

Flammarion jeunesse

Imprimé à Barcelone par:

BLACK PRINT

Mise en page par Meta-systems
59100 Roubaix

Dépôt légal : août 2013
N° édition : L.01EJEN000453.C005
Loi n° 49-956 du 16 juillet 1949
sur les publications destinées à la jeunesse